NEUGIERDE, MUT UND HUMOR

Siegfried Beckedorf

NEUGIERDE, MUT UND HUMOR

DIAMANTEN ÜBERALL

Bibliografische Information der Deutschen Nationalbibliothek:
Die Deutsche Nationalbibliothek verzeichnet diese Publikation in der
Deutschen Nationalbibliografie; detaillierte bibliografische Daten sind im
Internet über http://dnb.dnb.de abrufbar.

© 2018 Siegfried Beckedorf
Satz, Umschlaggestaltung, Herstellung und Verlag:
BoD – Books on Demand

ISBN: 978-3-7528-4528-0

DRUM ÜBE DICH NUR TAG FÜR TAG,
UND DU WIRST SEHEN, WAS DAS VERMAG!
(...)
UND NACH UND NACH KOMMT DER VERSTAND
UNMITTELBAR DIR IN DIE HAND.

J. W. v. GOETHE, AUS „KÜNSTLERS APOTHEOSE"

Inhalt

VORWORT

In Zeiten von Stress übt Tanja ihre Ruhe zu bewahren. Im gegenwärtigen Moment zu leben, mit einer engen Verbundenheit mit der Natur, ist fest verwurzelt in ihrem Bewusstsein.

Sie war dabei, ihre Skizzen zu verfeinern, mit Blick auf die Fotos, die Toni, ihr Mann, von wunderbaren Szenen in den Bergen und Tälern machte. Sie freute sich auf das Wochenende in den Bergen, wo sie das taten, was sie am meisten liebten, Tanja skizzieren, Toni fotografieren.

Tanja hatte Bedenken in Bezug auf Tonis Verhalten, es hatte sich in letzter Zeit mehrmals geändert. Er schien besorgt und ängstlich, sein Gedächtnis verwirrt. Er erzählte Tanja, er sei deprimiert über das Gerede in seiner Firma bezüglich Politik, Korruption und Vergewaltigungen. Er nahm das auf, es beeinflusste seinen Beruf als Buschpilot in nördlichen Regionen. Zu Anfang ihrer Bekanntschaft erwähnte er, dass seine Eltern immer Auseinandersetzungen gehabt hatten. Sie hatten sich getrennt, als er zwölf Jahre alt war.

Toni war nach Hause gekommen, vor zwei Stunden, sein Haar durcheinander, seine Augen verwirrt. Er sagte nur wenige Worte, die Tanja nicht verstehen konnte, er hielt ihre Hand: „Es tut mir leid, Tanja. Ich komme gleich zurück." Er gab ihr einen Kuss und rannte zu seinem Auto. Am frühen Abend kam ein Anruf von Toni: „Tanja, bitte komm hierher zur Polizeistation. Ich muss dich sehen."

Toni sagte: „Ich musste einen Polizeibericht unterschreiben. Angeblich war ein Junge verletzt. Die Sonne blendete mich auf dem

Weg nach Hause. Ein Fußball flog gegen mein Fenster, Kinder spielten auf der Straße. Im Rückspiegel sah ich eine Gruppe von Leuten sich versammeln. Eine Angst überwältigte mich. Ich fuhr nach Hause, um eine Jacke zu holen. In meiner Verzweiflung suchte ich einen Parkplatz am Waldrand, rannte in den Wald, setzte mich auf einen liegenden Baumstamm. Ich versuchte mich zu erinnern, was geschehen war. In dieser Situation kamen zwei Polizisten auf mich zu und fragten mich, ob das Auto auf dem Parkplatz mir gehöre. Ich bejahte. Sie zeigten mir den Autoschlüssel und verlangten, dass ich ihnen folge. Tanja, es tut mir leid."

Tief atmend sagte Tanja: „Toni, wir müssen Ruhe bewahren und guten Rat einholen. Ich werde zum Krankenhaus gehen und rausfinden, was geschehen ist." Sie umarmte ihn.

Eine Krankenschwester führte Tanja zu einem Jungen, zwölf Jahre alt. Er hatte einen Arm in der Binde. „Wir werden den Verband wechseln für eine weitere Röntgenaufnahme. Der Arm ist angeblich nicht gebrochen. Er wird für eine Weile Schmerzen haben", erklärte die Schwester. Tanja presste seinen guten Arm. Der Junge erwiderte das ermutigende Lächeln von Tanja.

Toni wurde angezeigt mit dem Beweis, dass er den Ort des Unfalls verlassen hatte.

Tanja war bereit, Toni zu unterstützen und ihm zu helfen, wieder auf die Beine zu kommen.

DIE RICHTUNG ÄNDERN

Tanja skizzierte unvergessliche Szenen von natürlicher Schönheit, sowie Skizzen von menschlichen oder Tiergesichtern, alten Häusern. Toni half ihr, die Skizzen mit seiner Kamera zu verfeinern.

Toni musste seinen Führerschein übergeben, für eine Dauer von sechs Monaten. Sie verbrachten eine schöne Zeit in den Bergen, um die Zeit zu überbrücken. Toni freute sich über Tanjas Interesse an der Luftfahrt. Sie konnte Toni manchmal begleiten auf seinen Flügen in den nördlichen Regionen. Nach einem Besuch in einer Eskimo-Station flogen sie zurück. Es fing an zu schneien, die Flocken wurden immer größer, die Sicht sehr behindert. Toni sagte: „Ich muss umkehren." Tanja sah das Flugzeug die Tannenspitzen berühren, sie griff das Steuer, um das Flugzeug anzuheben. Toni rief: „Das war unser Glück, Tanja, danke sehr, Co-Pilot."

Als Toni seine Stellung als Buschpilot verlor, wurde er aufgefordert, seinen kommerziellen Flugschein zu machen, um eine Position als Pilot zurückzuerhalten. Eine finanzielle Unsicherheit musste vermieden werden.

Tanjas tiefe Verbindung mit der Natur beruhigte sie, sich auf die gegenwärtige Situation zu konzentrieren. Sie hatte die Richtung des Fluges im Norden ändern können – die Notwendigkeit einer Änderung ihrer Situation veranlasste sie, Toni auf einen Wandel im Denken hin zu beeinflussen.

„Toni, lass uns in die Berge fahren, eine Wanderung am Lake Louise mit Aussicht auf die Gletscher wird uns guttun!" Ein schläfrig aussehender Toni guckte Tanja mit fragenden Augen an. Tanja lächelte Toni an. „Du zitiertest Shakespeare vor einer Weile: ‚Sein oder Nichtsein'. Sein bedeutet für mich nicht aufzugeben. Wir werden einen neuen Kurs einschlagen. Ich habe den Kurs verändert mit dem Flug im Norden." Die Fahrt in die Berge, Tanjas Hände über die Skizzentafel gleitend, Toni sagte: „Ich brauche dich, Tanja."

KUNST UND MUSIK ZEIGEN DIAMANTEN ÜBERALL

Die Natur entfaltete sich mit blauem Himmel und Blick über die Bergspitzen hinaus ins Unendliche. Tanja und Toni waren begeistert und erfasst vom Wunder der Natur, der Heilkraft der Natur. Toni guckte auf Tanjas Hände, mit Tränen in den Augen. Tanja sagte Toni: „Als Künstlerin weiß ich den Wert von Kunst und Musik zu schätzen. Musik im Hintergrund gibt uns Kreativität."

ZÄHLE NICHT DIE TAGE – MACH DEN TAG LEBENSWERT

DAVID WAKEFIELD

Es war ein gutes Gefühl für Tanja, ein Erwachen in Tonis Augen zu sehen. „Tanja, da ist so viel, das ich anders machen muss – ich weiß das. Ich muss meine Gedanken lenken auf das, was ich tief in meinem Innern spüre."

„Ein Tag zur Zeit. David Wakefield sagt: ‚Zähle nicht die Tage, mach diesen Tag lebenswert'.

Toni, in deinem Herzen hast du das erfasst, dass dieser Moment, nicht die Vergangenheit, zählt, deine innere Kraft zu finden. Ich bin überzeugt, dass jeder Mensch seine innere Kraft finden kann, wenn er gewillt ist, oder sich bewusst ist, dass wir dieses Bewusstsein erwecken können. Jeder von uns hat eine individuelle Art zu sich selbst zu finden. Ich kann nur aus meiner eigenen Erfahrung sprechen."

„Ich verstehe, dass wir angeborene individuelle Arten und Weisen haben und nicht einer Massenhypnose verfallen dürfen. Ich danke dir, Tanja, mich daran zu erinnern." Toni umarmte sie.

Nach ihrer Rückkehr von den Bergen konzentrierte Toni sich auf ein Programm für weitere Flugstunden für die kommerzielle Pilotenlizenz. Sein Kraftfahrzeugschein wurde erneuert.

Tanja war erfreut, sie ging mit großem Vertrauen zur Arbeit im Krankenhaus, überzeugt, ihre finanziellen Verhältnisse wieder in Ordnung zu bekommen.

Um wieder Schwung in ihr Leben zu bekommen, entschieden sich beide, ihre Aufmerksamkeit einem neuen Denken zu geben, im gegenwärtigen Moment zu leben. Ein Artikel in einem Magazin mit der Überschrift „Mit den Sternen tanzen" lenkte ihre Aufmerksamkeit auf Intuition, eine Eingebung, einer inneren Stimme zu folgen. Ergänzend dazu brachte Tanja ein Buch nach Hause von Carl Jung, einem analytischen Psychologen. Es handelte davon, dass sich wiederholende bedeutsame Ereignisse eine Rolle spielen im Zusammenhang mit Erwartungen für Erfolg und Gesundheit, sowie Enttäuschungen.

Toni bezog sich auf einen Artikel von Johann Wolfgang von Goethe, einem deutschen literarischen Giganten. „Es sei denn, dass man sich wirklich verpflichtet fühlt zu einer Tat, stellen sich Zögerungen, Widerstände in den Weg, Rückzieher, Unsicherheit betreffend intuitivem Handeln und Kreativität. Es gibt hier eine elementare Wahrheit, wenn man diese ignoriert, können unzählige Ideen und ausgezeichnete Pläne verloren gehen: In dem Moment, in dem man sich mit Herz und Seele verpflichtet, setzt sich eine vorsorgliche Lenkung der Gegebenheiten, oder auch der Natur (Vorsehung), in Bewegung. Alle möglichen Dinge ereignen sich, die sich wohl nicht anderweitig ergeben hätten. Eine Reihe von Ereignissen folgen aus dieser Entscheidung und öffnen sich zum Vorteil, unvorhergesehene Unfälle, Termine und materielle Hilfe, welche niemand sich hätte träumen lassen. Fange an mit Tatkraft, oder was du dir vorstellen kannst, zu tun. Kühnheit, Mut enthält Genie, Lebenskraft."

NEUER HORIZONT
MIT MUSIK
UND SINGEN

Nachdem Toni seinen erweiterten Flugschein erhielt, wurde ihm ein Angebot vorgelegt für eine Partnerschaft in einer kleinen Charterfluggesellschaft. Es handelte sich hier um eine kleine Partnerschaft, in der Toni einen Piloten ersetzen sollte, der andere Pläne verfolgte. Der bestehende Partner war ein Pilot sowie auch ein Flugzeugmechaniker. Tanja gab ihre Stellung als Krankenschwester auf und freute sich auf die Aufgabe für Verwaltung, Versicherung und Finanzen.

Toni war begeistert: „Tanja, wenn ich mit unserem Flugzeug in den blauen Himmel aufsteige, sehe ich neue Horizonte. Ich sehe dich tanzen zwischen den Sternen." Tanja lächelte. „Ich liebe die Idee vom Tanzen mit den Sternen, lasse alle Zügel los, tanzen, wenn ich gehe, wenn ich rede, sogar in unseren neuen Aktivitäten, immer mit einem Ohr für Musik."

Toni hörte zu. „Ich weiß, unsere Vorfahren tanzten ums Feuer, feierten die Jahreszeiten, bestimmte Feste für erfolgreiches Jagen und gute Ernten, und liefen auf Händen, denke ich, um das Lagerfeuer. Ich denke, hier ist Energie in Bewegung. Rudolf Steiner nannte es Tanzen als Inspiration, Tanzen mit den Sternen."

Tanja war an der Reihe: „Das ist es, was mich inspiriert, mich gehen lassen, Ruhe bewahren, und Energie in jeden Teil meines Körpers zu lenken im Rhythmus mit der Natur. Es erinnert mich an einen Tango-Lehrer aus Argentinien: ‚Lerne das Tanzen mit den Sternen, atme den Tanz, sei der Tanz, bewege dich im Rhythmus, unsere Musik macht den Rest.'"

Toni lächelte: „Ich werde mich bemühen, dass du nicht die Balance verlierst und in den Galaxien verschwindest."

MT. KILIMANJARO – GIRAFFEN WEISEN DEN WEG

„Wir haben ein gutes Angebot für eine Tour auf den Mt. Kilimanjaro in sechs Wochen. Habt ihr Lust und Zeit, mit uns zu fliegen?", fragte ein Freund von Toni, ebenfalls ein Pilot. „Meine Frau und ich würden gern mit euch dieses Abenteuer erleben."

Tanja war überrascht und begeistert. Toni sagte: „Das ist eine gute Zeit für uns, bevor wir unser neues Geschäft übernehmen." Tanja bejahte. „Lass uns tanzen und singen auf Afrikas höchstem Berg!"

Dar es Salaam war eine Überraschung, ein moderner Flughafen, recht aktiver Hafen und guter Service. Tansania exportiert frisches Gemüse in Nachbarländer und importiert Gewächshaustechnologien aus Europa. Die Bevölkerung beträgt 38 Millionen. Toni erwähnte: „Wie ein Bienenhaufen, diese Leute scheinen einen Weg gefunden zu haben, ihre Wirtschaft zu entwickeln."

Das Hotel war modern und hatte einen guten und freundlichen

Service in Englisch. Am nächsten Tag fuhren sie per Bus durch den Serengeti-Nationalpark. Große Herden von Elefanten, Zebras, Gazellen bewegten sich ohne Eile, Flusspferde sprangen mit Geschwindigkeit rein und raus vom Ufer ins Wasser. Auf dem Weg zurück marschierten drei Giraffen im Gleichschritt in einer Reihe mit Blick auf Mt. Kilimanjaro. Die Aussicht auf den schneebedeckten und freistehenden Berg war aufregend.

Das Steigen auf den Mt. Kilimanjaro verlangt keine technischen Erfordernisse oder Spezialausstattung. Wasserdichte Zelte mit verstärkten Nähten und verschweißten Ecken sind empfohlen. Im Durchschnitt dauert ein Anstieg fünf bis sieben Tage in Gruppen für nicht behinderte Touristen.

Die vier Kanadier waren in guter Verfassung, mit gutem Humor, und sangen, wenn es leichter voranging, gemeinsam mit anderen im Anstieg und auch den Berg hinunter, sogar über der Baumgrenze.

DAS FLUGUNTERNEHMEN IM AUFWIND

Toni und Tanja hatten sich bald gut eingespielt in ihren neuen Rollen. Innerhalb von einigen Monaten hatte Tanja feste Anflugsorte etabliert. Leider entwickelte der Partner und Mechaniker körperliche Beschwerden nach einer Herzoperation. Toni fand

Ersatz, doch der Partner gab seine Partnerschaft auf. Toni einigte sich mit ihm auf eine Auszahlung, um das Unternehmen zu übernehmen, nachdem Tanja eine finanzielle Möglichkeit fand. Ihr älteres Haus stieg beachtlich im Wert, als ein Angebot für kommerzielle Zwecke einen schnellen und recht guten Preis einbrachte. Die Aktien wurden auf Toni und Tanja überschrieben und somit erwarben sie die Kontrolle.

Sechs Monate später war das Personal um einen weiteren Piloten und zwei Angestellte gewachsen, ein größeres Flugzeug wurde bestellt. Immer längere Arbeitstage wurden für Toni und Tanja sehr stressvoll. Nach drei Jahren überlegten sie, das Personal bedeutend zu vergrößern. Zu dieser Zeit machte eine große Charterfirma ein Angebot für eine Übernahme mit Management-Beteiligung oder eine hundertprozentige Übernahme innerhalb von drei Monaten. Tanja war geneigt, das zu bedenken, und auch Toni brauchte mehr Zeit.

Es vergingen drei Monate, als das Angebot um sechs Monate verlängert wurde. Toni und Tanja waren bereit, als die finanziellen Einzelheiten ausgebreitet wurden.
Der Verkauf spielte sich reibungslos ab. Es erlaubte Tanja und Toni, ein Grundstück im Vorgebirge zu erwerben, mit dem Ziel, dort ein „Log Home" zu bauen.

EIN „LOG HOME"
IM VORGEBIRGE –
DIAMANTEN ÜBERALL

Ein Traum von einem „Log Home" veranlasste Tanja, eine Skizze für ein Treffen mit einem wohlbekannten „Log Home"-Experten vorzubereiten. Oberhalb der Skizze schauten Tanja und Toni runter auf den Roh-Anblick, beide bis an die Ohren lächelnd.

Ein künstlerisch gestaltetes Haus, zweistöckig, drei Schlafzimmer und ein Studienraum, aus handgeschälten Kiefernstämmen die Wände, Struktur, Treppen und Geländer, Fichtenstämme für die überhängende Dachstruktur – es brachte Toni und Tanja ins Staunen und in freudige Erwartung. Der Preis mit Kontingenten für unerwartete Bedingungen wurde vereinbart. Eine geschätzte Fertigungszeit von acht Monaten, mit allen behördlichen Zulassungen und umweltschützenden Bedingungen genehmigt, war zufriedenstellend für Tanja und Toni.

Verwandte, Freunde und Mitglieder der Baufirma mit Familien versammelten sich für die Einweihungsparty mit einer Western-Band auf der Veranda und offene Lagerfeuer und Barbeques rundherum. Toni trug einen verwitterten Cowboyhut von seinen „Trail Rides" (Reitausflüge über Nacht mit Packpferden) in die Berge, bevor er Tanja kennengelernt hatte. Tanja ermutigte ihn, von seinen Abenteuern während des Rittes zu erzählen.

„Was mich beeindruckte, war ein deutscher Manager in der Werbebranche, der mir mit Staunen berichtete, dass er sehr begeistert war von der majestätischen Schönheit der Rocky Mountains. Es sei unglaublich, dass wir täglich von rauschenden Bächen und Flüssen genug Wasser für die Pferde und für uns hatten.

Ich erinnere mich auch daran, dass wir uns nach vielen Stunden im Sattel niederließen für die Nacht, im Halbdunkel, an einem mit Steinen umgebenen Platz, ein Feuer machten, einen mit Wasser verdünnten Schluck Rum tranken und aus unserer Kühltruhe Heringe und wilde Zwiebeln dazu verspeisten. Wir fielen dann, todmüde, um in unsere Schlafsäcke. Um sechs Uhr morgens wurden wir mit großer Lautstärke aufgeweckt: ‚Seid ihr verrückt? Verflucht noch mal, da ist Dynamit nicht mal 100 Meter von hier im Schuppen gelagert, für den Straßenbau. Das hätte euch bis auf den Mond geblasen!‘ Wir waren im Nu gepackt und im Sattel auf dem Trail!"

HOHE TANNEN WEISEN DIE STERNE

Ein besonders malerischer Sonnenuntergang hielt Tanja in Bann und wurde skizziert. Toni folgte mit seiner Kamera mit den Worten: „Unsere angespannte Aufmerksamkeit auf unseren Flugbetrieb gab uns selten die Möglichkeit, solch eine Schönheit bewusst wahrzunehmen."

Auf der Veranda sitzend bewunderte Tanja, wie die Baumspitzen in den blauen Himmel strebten, augenscheinlich zu den Sternen wiesen. Ein anderes Mal bemerkte sie, wie die Bäume sich augenscheinlich im Rhythmus dem Fluss zuneigten, ein spielerischer Tanz der Natur!

WAS IST BEWUSSTSEIN –
WAS IST INNERE STÄRKE?

Toni erinnerte sich an eine Beschreibung ohne Autor:

„Bewusstsein ist etwas, was wir nicht im Labor erforschen können. Unser menschliches Denken hat begrenzte Kapazitäten und kann die Bedeutung nur ähnlich verstehen."

Tanja zitierte Max Planck:

„Die Wissenschaft kann das Geheimnis der Natur nicht lösen. Somit, in der letzten Analyse, sind wir ein Teil des Geheimnisses, welches wir versuchen zu lösen."

Tanja ergänzte: „Das, nach meiner Meinung, schließt das Bewusstsein ein."

Tanja erläuterte ihre Strategie:

„Wenn ich bewusst einatme, den Atem kurz anhalte und langsam ausatme, fühle ich ein inneres Regen, natürliche Energie. Ich bringe diese Energie durch meinen ganzen Körper in Bewegung. Ich bin ein Teil dieser Energie, der Natur, und damit Teil eines Netzwerkes von Millionen von Zellen und unzähligen Verbindungen, die unseren Körper in unglaublicher Weise regulieren. Ich fühle eine Verbundenheit mit der Natur, in meinem inneren sowie meinem äußeren Wesen.

Diese Verbundenheit ist meine innere Stärke für Lebensfreude und Tatkraft, bewusst unseres menschlichen unendlichen Potenzials. Der Mensch ist keine Insel – wir alle sind verbunden miteinander."

Toni folgte:

„Tanja lebt ihre Strategie.

Ich liebe die Natur in all ihrer Schönheit und Kraft. Um diese Liebe zu begründen, versuche ich eine pragmatische Philosophie der Vergangenheit und der Gegenwart zu verstehen. Cicero, der große römische Denker, sagte wie ich – aus einer Debatte von ‚Große Denker des Abendlandes', Deutsche Welle, entnommen: ‚Philosophie kann unser Wesen kontrollieren, wenn etwas in die Schieflage gerät, gibt es eine natürliche Richtigkeit. Wir sind in der Lage, diese Therapie zu verstehen.' Moderne Philosophie leitet mich in die Betrachtung/Meditation, um mein inneres Selbst zu verstehen.

Ich spüre eine innere Kraft, die mich meine Gedanken lenken lässt. Ich kann nicht das Wachsen meines Bartes beeinflussen, der wächst ohne mein Tun – und, im feinsten Sinn, eine Kraft, in die wir hineingeboren sind. Meine eigenen Erfahrungen sind die besten Lehrmeister."

DAS BLEIBT ZU ERWÄGEN

Tanja war in Gedanken verloren. „Ich möchte einiges klarer machen für mich. Ich möchte mehr wissen von unserem Ursprung, woher wir kommen und wohin wir gehen. Ich denke, wir sind auf einer Reise von Geheimnissen zu Geheimnissen, das Lernen hört nicht auf – mit unseren eigenen Erfahrungen und Unterstützung der Wissenschaft werden wir fortlaufend Geheimnisse erforschen."

Toni antwortete: „Ich glaube, die Wissenschaft bietet auch kontroverse Ergebnisse, lass uns die letzten Erwartungen oder Befunde angucken. Wir haben einige Bücher und wissenschaftliche Journale."

BETRACHTUNGEN DER EVOLUTION VON BEWUSSTSEIN

Jude Currivan, Kosmologe, von SAND (Science and Non-Duality), ist überzeugend.

„Als begeisterte und inspirierte Befürworterin von optimistischen Ansichten der Transformation, die wir jetzt erleben auf unserem Planeten, und als Wissenschaftlerin, teile ich das Vertrauen, dass die Wissenschaft endlich harte Beweise hat für eine Versöhnung zwischen uralter Weisheit und universalen spirituellen Erfahrungen. SANDs fortlaufende Forschungen haben eine gemeine Natur der Wirklichkeit bestätigt."

Chris Fields, auch von SAND, berichtet:

„Sogar Physiker sagen, dass die Quantentheorie stark kontraintuitiv ist und scheinbar unlösbare Probleme der Übersetzung erleidet. Einige behaupten, dass die Quantentheorie mit Bewusstsein, freiem Willen oder Spiritualität verwandt sei. Es ist schwierig, eine einfache Erklärung zu finden, was die Quantentheorie bedeutet oder was sie besagt über die Welt. Es ist sogar schwieriger, einen Grund zu finden, hinausgehend über ‚es macht die richtigen Voraussagungen', warum die Quantentheorie der Wahrheit entspricht."

Toni fügte hinzu, dass er sehr beeindruckt sei von Fortschritten in der Technologie und Wissenschaft. Er verfolge die neuesten Forschungsergebnisse, z. B. wird aus Bayreuth, Deutschland, von einer äußerst interessanten und weitreichenden Technologie in Bezug auf Spinnenseide berichtet. Mit künstlerischem Zutun werden jetzt Seile aus stärkerem Material als Stahl hergestellt, welches eine Revolution in der Medizin und der Bauindustrie bedeuten kann.

Zur gleichen Zeit berichtete „Projekt Zukunft", Deutsche Welle, dass flächendeckende Waldgebiete von der Luft aus vermessen werden, um Waldschäden zu behandeln, was große Hilfe für Förster bedeutet. Diese Untersuchungen hatten ihren Anfang im tropischen Dschungel von Borneo, von Wissenschaftlern aus Würzburg.

Auch erwähnt im Programm „Projekt Zukunft" sind Fortschritte in der Biologie für soziale Erkrankungen, wie Stress, und biologische Erkrankungen von seelischen Belastungen durch Bandwürmer und Schmarotzer gemacht worden. Therapien scheinen in der Zukunft recht optimistisch zu sein.

ES WAR EINMAL EIN URKNALL

Toni sah ein TV-Programm: „Was war da vor dem Urknall vor 13,8 Milliarden Jahren? Wir erreichten eine Barriere unseres Denkens, wir begannen uns mit dem Konzept von Zeit und Weltraum auseinanderzusetzen. Es war, als wenn wir in eine dicke Nebelwand geraten wären, wo die uns bekannte Welt als unsichtbar erschien. Können wir dieses jemals herausfinden?"

DW TV berichtete zum Ende des Jahres 2017:

„Wissenschaftler sind jetzt auf der Spur von Gravitationswellen, die verursachten, dass zwei Schwarze Löcher ineinander verschmolzen und den Urknall bewirkten, wie in Einsteins Theorie.

Vermessungen von verschiedenen Teleskopen auf der Erde über Generationen konnten diese Gravitationswellen nicht entdecken. Ein vier Kilometer langer Tunnel wurde in Livingston, Louisiana, besucht von Vertretern der Deutschen Welle. Das Projekt misst jetzt Gravitationswellen mit Laserstrahlen und sie können im Universum als winzige Geräusche gehört werden. Die Belegschaft kommentierte: ‚Wir werden nicht aufhören, diese Wellen zu messen.‘ Ein Projekt in der Nähe von Hannover, genannt GEO600, brachte überraschende Resultate. Weitere Teleskope auf unserer Erde machen Fortschritte."

Einstein erwähnte, je mehr wir probten, desto mehr bliebe zu erproben. Ein weiteres TV-Programm, „Star Dust to Earth", bezog sich auf Berichte über Wasser von Kometen aus Eis, und auch Geysire, die über Millionen von Jahren Ozeane auf dem Erdball hinterließen. Die relativ dünne Erdschicht auf dem Boden der Ozeane hat eine Erdkruste von 5 bis 10 km im Vergleich zu der kontinentalen Kruste von 30 bis 50 km. Dieses ließ wärmere Temperaturen Wasser am Boden von Ozeanen zu bilden.

UNSICHTBARE VERBINDUNGEN

In seinem Buch „The Hidden Connections" (Unsichtbare Verbindungen) beschreibt der Österreicher Fritjof Capra, Philosoph und Physiker, in folgenden Absätzen:

„Membrangebundene Blasen entwickelten sich in den Ozeanen. Winzige Tropfen entstanden spontan in einer warmen Wasser-Umwelt. Ein kompliziertes Netzwerk von Chemie entfaltete sich in dem eingeschlossenen Raum und bot den Blasen das Potenzial, sich in sich selbst zu vermehren. Katalysatoren erschienen in diesem System und molekulare Komplexität folgte rapide. Eventuell entstand Leben aus diesen Proto-Zellen mit der Evolution von Protein, Nukleinsäure und dem genetischen Code.

Unser universaler Vorfahre erschien – die erste bakterielle Zelle –, von der das Leben auf der Erde ausging. Diese Nachkommen, die ersten lebendigen Zellen, übernahmen den Erdbereich, webten ein planetarisches Netz und besetzten schließlich alle geologischen Nischen. Getrieben von einem kreativen Impuls, eingeboren in allen lebendigen Formen und Symbiosen, breitete sich ein planetarisches Netz aus durch Mutationen, Gen-Austausch und Symbiosen, mit dem Resultat der Bildung von Lebensformen einer ewig zunehmenden Komplexität und Vielfalt. In dieser majestätischen Entfaltung des Lebens reagierten alle Lebewesen fortdauernd zu umweltbedingten Einflüssen mit strukturellen Veränderungen, und dieses autonom in Einklang mit der Natur aller Lebewesen. Vom Anfang des Lebens, die Interaktionen miteinander, und mit der nicht lebendigen Umwelt, waren kognitive gegenseitige Einwirkungen. Als diese Strukturen in Komplexität wuchsen, so wuchsen auch die kognitiven Prozesse schließlich, wie bewusstes Handeln, Sprache und konzeptuelles Denken.

Wenn wir dieses Szenario, von der Bildung von öligen Tropfen bis zum Erscheinen von Bewusstsein, betrachten, scheint es so, als ob das Leben nur aus Molekülen besteht, und die Frage kommt natürlicher Weise: Ist da Raum für des Menschen Geist?"

JETZT SIND WIR GELANDET – WER SIND WIR?

„Mache was aus dir, dann mache das Bestmögliche aus dir."
ALEXANDER CRUMMELL

CRUMMELL war ein prominenter rationaler Denker in der schwarzamerikanischen Aufklärungs-Bewegung des 19. Jahrhunderts.

Toni war verloren in Gedanken. „Wir sind aus dem Sternenstaub entstanden, von einer unermesslichen Explosion auf diesem Planeten zu diesem Punkt. Es ist mir vorher nicht so in mein Bewusstsein gekommen. Ich bin dankbar für das Erwachen zum Bewusstsein." Tanja schlug vor, diese Erkenntnisse in einer Wanderung in den Bergen zu verdauen.

Wieder die Atmosphäre, die Aussicht auf schneebedeckte Bergriesen, das Wandern oberhalb des Lake Louise, es war unglaublich schön. Tanja ließ ihre Hände über die Skizzen gleiten, Tonis Fotos folgten, es waren unvergessliche Momente. „Tanja, wir sind wirklich in einer glücklichen Lage, dieses alles mit vollem Bewusstsein zu erleben!" Tanjas Hände erfassten die grünen Gletscher im Sonnenschein in ihrer Skizze. Toni ergänzte das Bild mit entsprechenden Farben.

Wieder zu Hause, Tanja und Toni blätterten in verschiedenen Büchern und Artikeln, um entsprechende Hinweise zu finden von Autoren, die Neugierde in ihnen erweckten (übersetzt mit bestem Wissen und guter Absicht).

Deepak Chopra, M. D. und Co-Autor E. Tanzi, Professor der Neurologie (zwei Bücher).

Titel: Super-Gehirn

„Entfalte die Kraft deines Verstandes. Erwarte das Beste für Gesundheit, Glücklichsein und spirituelles Dasein.

Was tun wir mit dem Gehirn, dem wunderbaren Drei-Pfund-Universum zwischen unseren Ohren?

Gebrauche dein Gehirn anstatt das Gehirn dich. Kreiere den idealen Lebensstil für ein gesundes Gehirn.

Fördere Glücklichsein und Wohlbefinden durch die Verstand-Körper-Verbindung.

Bewältige die meisten Herausforderungen, wie Gedächtnisschwund, Depression, Angstgefühle und Übergewicht.

Dein Gehirn hat die Kapazität zu heilen und sich andauernd anzupassen."

Titel: Super-Gen

„Eine optimistische Vorschau für wissenschaftliche Forschung von heute und in der Zukunft bezüglich des wunderbaren Netzwerkes von Millionen von Zellen und Verbindungen (‚Synacepses') zwischen allen Teilen unseres Körpers. Wir können die Bewegungen dieser Verbindungen beeinflussen mit unserer Einstellung. Die aktuelle genetische Wissenschaft erklärt, das gehe über unsere Grenzen von noch vor Jahrzehnten."

OSHO INTERNATIONAL (www.osho.com) ist der Autor der Ansprachen von Osho, veröffentlicht im Januar 2018 mit der Überschrift: „Schaut ihr noch immer in den Spiegel, um eure Schönheit zu bestätigen?"

„Wir alle wissen, was die Phrase ‚Schönheit liegt im Auge des Betrachters' bedeutet. Das, was ich als schön betrachte, mag nicht der Begriff von Schönheit von anderen sein, ist subjektiv. Was ist unser Kriterium von Schönheit? Ist die Erscheinung der äußeren Schönheit nur hauttief, oder ist es eine Reflektion der inneren Schönheit? Und wie kann ein medizinischer Eingriff unser Verständnis von innerer Schönheit sein?

Die äußere Schönheit kommt von einem anderen Hintergrund als die innere. Die äußere Schönheit kommt von deinem Vater und deiner Mutter, ihre Körper der Ursprung. Aber der innere Körper kommt vom Wachsen deines Bewusstseins, welches du hervorbringst durch viele Generationen. In deiner Individualität ist das körperliche Erbe von deinem Vater und deiner Mutter verbunden, und deine spirituelle Erbschaft von vergangenen Leben, ihr Bewusstsein, ihre Erkenntnisse und Freude.

Du wirst durch eine Transformation gehen, und das kannst nur du. Außerhalb von dir, niemand anders kann dich dort erreichen. Und dieses ist die Schönheit der menschlichen Seele, welche absolut nicht erreichbar ist. Dein Inneres ist so geschützt durch Existenz, die niemand berühren kann.

Schließe die Augen und fühle das Universum gefüllt mit Klang. Fühle, als ob jeder Klang auf dich zukommt, und du bist das Zentrum. Dieses Gefühl, dass du das Zentrum bist, ist sehr friedvoll. Das gesamte Universum wird der Umfang, und du bist das

Zentrum, und alles bewegt sich in deine Richtung, fallend in Freude.

Studien haben ergeben, dass schöne Menschen, die als attraktiv gesehen werden, meist erfolgreich sind. So kann Schönheit auch empirisch sein? Was ist das Kriterium von Schönheit, und ist die Erscheinung von äußerer Schönheit immer nur eine Reflektion der inneren Schönheit?"

NATUR

Tanja und Toni fassten ihre eigenen Gedanken und Erfahrungen in ihrer Diskussionsgruppe mit vollem Einverständnis zusammen wie folgt:

Wir sind Teil einer natürlichen inneren Energie, die uns erlaubt, auf allen Gebieten der Wissenschaft, Philosophie, in fachlichen und geschäftlichen Dingen unser tägliches Leben lebenswert zu gestalten. Im Bewusstsein dieser Verbundenheit mit der Natur können wir alle dazu beitragen, besonders unsere politischen Führungskräfte, diese Welt zu einer besseren zu machen.

„NATUR! Wir sind von ihr umgeben und umschlungen – unvermögend aus ihr herauszutreten und unvermögend tiefer in sie hineinzukommen. Ungebeten und ungewarnt nimmt sie uns in den Kreislauf ihres Tanzes auf und treibt sich mit uns fort, bis wir ermüdet sind und ihrem Arm entfallen. Sie schafft ewig neue Gestalten: was da ist, war noch nie, was war, kommt nicht wieder – alles ist neu und doch immer das alte. Wir leben mitten in ihr und sind Fremde. Sie spricht unaufhörlich mit uns und verrät uns ihr Geheimnis nicht. Wir wirken beständig auf sie und haben doch keine Gewalt über sie."

JOHANN WOLFGANG VON GOETHE

„Alexander von Humboldts Neue Welt. *Der Erfinder der Natur.*" Die Autorin Andrea Wulf beschreibt im Vorwort:

„Das vergessene Leben des deutschen Naturwissenschaftlers Alexander von Humboldt beeinflusst weiterhin, wie wir uns und unsere Welt heute betrachten. Alexander von Humboldt (1769–1859) war ein interpret ex Forscher und der berühmteste Wissenschaftler seiner Zeit. Sein unermüdliches Leben war gefüllt mit Abenteuer und Entdeckungen. Ob es das Erklettern des höchsten Vulkanes auf der Erde war oder schnelles Treiben im von Milzbrand infizierten Sibirien.

Von Humboldt hatte eine radikale Vision von der Natur, sie sei eine komplizierte und integrierte globale Kraft, und existiere nicht nur für menschlichen Gebrauch. Ironisch gesehen, wurden seine Ideen so sehr akzeptiert und überall verstanden, dass er fast vergessen wurde.

Jetzt bringt Andrea Wulf den Mann und seine Errungenschaften zurück in den Fokus, seine Untersuchungen, seine wilde Umgebung in vielen Teilen der Welt, seine Entdeckungen der Ähnlichkeiten zwischen Klimazonen auf verschiedenen Kontinenten, seine Vorschau für von Menschen verursachten Klimawandel, seine bemerkenswerten Fähigkeiten, mit Poesie seine wissenschaftlichen Beobachtungen wiederzugeben. Von Humboldts

Verhältnis zu ikonischen Größen, wie Simon Bolivar und Thomas Jefferson, inspirierte andere Naturwissenschaftler und Poeten wie Woodsworth, Darwin und Goethe.

Andrea Wulf macht einen außerordentlichen Fall mit ihrer Bemerkung, dass es Alexander von Humboldts Einfluss auf John Muir war, welcher ihn zu seinen Ideen der Erhaltung der Natur führte, was wiederum Thoreaus „Walden" beeinflusste. Alexander von Humboldt war der interdisziplinärste Wissenschaftler und ist der vergessene Vater der umweltschützenden Bewegung. Mit ihrer brillanten Forschung und dem mit Überzeugung geschriebenen Buch macht Andrea Wulf unser Verständnis klar für die unzähligen Wege, die Humboldt kreierte, und damit für die natürliche Welt.

Nebeneinanderstehend blickten Tanja und Toni von der Moose-Mountain-Höhe auf die schneebedeckten Berge im Westen mit Nebel am Horizont und auf das Vorgebirge im Osten. Toni erwähnte: „Ich könnte von hier aus die Sterne ansteuern." Tanja hielt ihn an der Jacke fest. „Mit diesem herrlichen Blick lass uns die herrliche Natur genießen, anstatt im Weltall verloren zu gehen."

WASSER – WIR SIND WASSER

Unsere äußerst kostbare Ressource – was denken wir, wenn wir Wasser trinken?

Am Flussufer sitzend, die Sonne hell, Tanja und Toni beobachteten den Fluss beim Flussabwärtseilen, über Gesteine springend, wie kleine Wasserfälle. Weiter flussabwärts sahen sie Tausende von Wassertropfen glitzernd und tanzend auf der Oberfläche wie Diamanten. Umrahmt von überhängenden Bäumen, in der Brise schwankend, war es ein Bild von Harmonie.

Toni zitierte aus dem Buch „The True Power of Water" von Masaru Emoto, Autor des New-York-Times-Bestsellers „Die wahre Kraft des Wassers", mit dem Untertitel: „Heilung und uns selbst entdecken".

Mit seiner selbst entwickelten Technologie HADO erklärt Emoto im Text mit 28 farbigen Fotos von Wasserkristallen sein hochinteressantes System.

„Man muss Respekt vor dem Wasser haben und Liebe und Dankbarkeit, und Vibrationen mit einer positiven Einstellung empfinden. Dann verändert sich Wasser, wir können uns ändern, weil wir alle Wasser sind."

Wasser ist die treibende Kraft der Natur, sagte Leonardo da Vinci.

Alexander von Humboldt reiste in Zentral- und Südamerika und Sibirien als Naturforscher mit unglaublichen Expeditionen durch Urwälder, Flusstäler und Steppen. In der Humboldt-Universität in Berlin betrachtet man ihn als den „Erforscher der Natur". Er lebte seinen Traum.

Tanja: „Wenn man einen rauschenden Bergstrom beobachtet, steigt in mir die Energie des Wassers. Wenn man einen Wasserfall beobachtet, ist man überwältigt von der Kraft des Wassers. Regentropfen auf Wiesen und Bäumen, Tau oder Schnee im Sonnenschein glänzen wie Diamanten und sind farbenreich wie die teuersten Diamanten im Juwelierladen."

Tanja und Toni fanden interessante Schilderungen in Bezug auf Wasser in Fachzeitschriften, Büchern und Journalen und fassten diese zusammen.

- 97 % unseres Wassers auf der Erde enthält Salz, nur 3 % ist Frischwasser.
- Oberflächenwasser ist in Flüssen, Seen, in Teichen und Sumpfgebieten zu finden.
- Die größten Mengen von Frischwasser sind in Russland, Kanada und Brasilien.
- Grundwasser findet man in Aquifers unterhalb der Erdoberfläche.
- Wasserverbrauch für landwirtschaftliche Zwecke ist 69 %,
- für industrielle Zwecke 22 %,
- Haushalt weltweit 8 %,
- für Umwelt- und Freizeitzwecke minimal im Verhältnis.

Nach intensiver Forschung haben japanische Wissenschaftler und Fotografen festgestellt, dass keine zwei Schneekristalle identisch sind. Wasser aus Leitungen zeigt keine Kristalle, wie weitere Ergebnisse ergaben. Wasser aus natürlichen Quellen, uraltes Eis, ist nach einem Regenfall durch geologische Schichten gefiltert worden und von einer besten Qualität. In der Geschichte erhielt Wasser keine Aufmerksamkeit für Komponenten, Wert für Energie, Reinigung und Nährwert, bis ins Mittelalter hinein. Die Römer waren die Ersten, die Wasserkraft erzeugten, um Mehl zu produzieren. 1860 hat der deutsche Physiker Johann Ritter entdeckt, dass Wasser aus zwei Teilen besteht, Wasserstoff und Sauerstoff. Im selben Jahr lernten französische und englische Chemiker, Wasser durch Chlorung zu reinigen.

Wasser wurde langsam und endlich als unsere meistgeschätzte Ressource in unserem Umweltbewusstsein erkannt.

Die letzten Nachrichten von der Universität in Toronto berichteten, dass kanadische Wissenschaftler Wasser in einer Tiefe von 2,4 km in einem Bergwerk in Timmins, Ontario, entdeckten, das vor 1,2 Milliarden Jahren dort sprudelte. Dieses wurde belegt durch Gesteinsformationen. Mit dem achtfachen Salzgehalt von Seewasser ist es nicht tödlich, aber von schlechtem Geschmack. Die Möglichkeit von Leben auf dem Mars mit soviel Wasserstoff in der Tiefe ist erwogen.

„ETHICAL WATER". Untertitel: „Zu lernen, was man am meisten schätzt."
Autoren: Robert William S. und Merrell-Ann S. Phare

„Kanada: Wo wir waren und wo wir jetzt sind.

Ungefähr 500 Jahre sind vergangen, seit Jacques Cartier aufwärts auf dem St.-Lawrence-Fluss segelte, dem wohl historischsten aller kanadischen Flüsse. Wasser machte uns sehr reich. Wie es oft ist mit wohlhabenden Leuten, haben wir, über eine Zeitlang, unsere Zuneigung zum Kern der Natur unseres Reichtums verloren. Unsere ist eine der wenigen Kulturen, die jemals den Luxus hatte, Wasser für selbstverständlich zu halten. Aber jetzt, in einem Land, das noch nicht einmal eineinhalb Jahrhunderte alt ist, haben sich die Dinge definitiv geändert.

Wir haben zu unserer Enttäuschung entdeckt, dass die Qualitäten, die unser Wasser so wertvoll machten, die selben Qualitäten sind, die erlauben, es zu verunreinigen, verschmutzt und verloren für den weiteren Verbrauch. Mit der wachsenden Bevölkerung haben sich landwirtschaftliche, industrielle und freizeitliche Aktivitäten vermehrfacht. Wasser wurde unter Druck gesetzt. Zur selben Zeit haben wir erkannt, wie sehr zukünftige Wasserreserven in Frage gestellt werden. In einer einzelnen Generation sind wir von einem Land, das sich wohl fühlte in der Tatsache, dass man fast von jedem Fluss, Bach oder See trinken konnte, zu einem Land geworden, das ernstlich besorgt ist über Qualität und Verfügbarkeit jetzt und in der Zukunft."

BÄUME REDEN MIT UNS

„Ein Baum spricht: In mir ist ein Kern, ein Funke, ein Gedanke verborgen ... einmalig ist ihre Gestalt und das Geäder meiner Haut, einmalig das kleinste Blätterspiel meines Wipfels und die kleinste Narbe meiner Rinde."
HERMANN HESSE

Tanja erinnerte sich an ihre frühe Liebe zum Wald, zu Bäumen und Pflanzen. Hinter dem Bauernhof ihrer Eltern grub sie Setzlinge aus, um sie näher am Haus zu pflanzen. Sie wurde ermahnt, diese zu pflegen, zu wässern. Zu ihrem Geburtstag bekam sie ein farbenreiches Buch über Bäume.

Kiefern, Fichten, Föhren und Birken umgaben das Haus, Vögel aller Art sangen in allen Tönen. Ein riesiger Kastanienbaum nahm einen Teil der Vorderansicht vom Haus ein. Bänke um den Baum herum boten Gelegenheiten, zu sitzen, nichts zu tun, zu essen oder abends zu singen.

Ich fuhr mein Fahrrad zur Schule auf sandigen Wegen, umrahmt von Birken an beiden Seiten. Sie wurde darauf aufmerksam gemacht, dass der Wald eine grüne Lunge ist, besonders in den Städten.

Später kaufte Toni, ihr Mann, ein Buch von Peter Wohlleben, Autor des Bestsellers „Das Geheime Leben der Bäume. Was sie fühlen, wie sie kommunizieren – die Entdeckung einer verborgenen Welt."

Sie las mit großer Spannung die Beschreibung auf der Rückseite:
„Ein neuer Blick auf alte Freunde.
   Im Wald geschehen die erstaunlichsten Dinge: Bäume kommunizieren miteinander. Sie umsorgen nicht nur liebevoll ihren Nachwuchs, sondern pflegen auch alte und kranke Nachbarn. Empfindungen, Gefühle, ein Gedächtnis. Unglaublich? Aber wahr!

Der Förster Peter Wohlleben bringt Licht ins Dickicht der Wälder und gewährt überraschende Einblicke in ein geheimnisvolles Universum: In faszinierenden Geschichten über die ungeahnten Fähigkeiten der Bäume berücksichtigt er die neuesten wissenschaftlichen Erkenntnisse ebenso wie seine eigenen Erfahrungen.

Eine Liebeserklärung an den Wald."

„KAPITAL WALD. Eine ökologische Bestandaufnahme in Bildern"
Autorin Margaret Wenzel-Jelinek betont:

DENN EIN BAUM IST WEIT MEHR ALS EIN BAUM
UND
MENSCH UND WALD AUS HUMANÖKOLOGISCHER SICHT

Mit vielen farbigen Fotos von hoher Qualität, einschließlich Text,
insgesamt 287 Seiten.

Toni fand noch mehr Literatur über Bäume, wie „The Natural
History of Evolution", Autor Philip Whitfield

BÄUME UND WASSER

Für einen Baum im Wald ist die Höhe, Größe und Landkontur von
Vorteil: die lichtfangenden Blätter über denen von den Nachbarn.
Solche Bäume sind erfolgreicher in der Konkurrenz um verfüg-
bares Sonnenlicht.

Die Größe der Bäume jedoch bietet Bio-Ingenieur-Probleme, wo
strukturelle Anpassung eine Antwort findet. Hohe Bäume und
ihre schwere Struktur erfordern physikalische Unterstützung.
Die Natur sorgt für ein System, welches das Wasser von unten zu
den Blättern befördert, wo Photosynthese wirkt, um Zucker und
andere notwendige Substanzen in den Blättern zu produzieren
für den Weg nach unten, zum Rest des Baumes.
    Im Innern des Baumes evolvierten zwei Systeme für eine Lei-
tung, die Bäumen ermöglicht, aufrecht auf Land zu leben. Wasser

und Mineralsalze fließen von den Wurzeln entlang den Xylem (hölzerne Masse). Umgeben von diesen ist das Phloem (Rinde), welches Zucker und Nährbestände von den Blättern zu den anderen Teilen des Baumes trägt.

Die Holzschicht (Xylem) ist das Holz, das dem Baumstamm seine Stärke gibt, und jedes Jahr wird eine neue Schicht an der Außenseite hinzugefügt, mehr im Frühjahr und Sommer, weniger später im Jahr.

Im Zeitraum von Millionen von Jahren – durch Klimawechsel, Verdunstung von den Ozeanen und folgende Wolkenbildungen über den Kontinenten – entwickelten sich Gletscher, Regen und Schnee. Massive Mengen von Wasser sammelten sich auf Landgebieten und sickerten durch Sandsteinformationen in Wasserreservoirs und Quellen, und Schwerkraft leitete Wasser zu Bäumen auf dem höher gelegenen Land.

Bäume sind bemerkenswerte Organismen, die größten und am längsten lebenden von allen Pflanzen. Ein wunderbares System führt Nährstoffe und Wasser vom Boden für kontinuierliches Wachstum und hilft die Ökologie der Erde in Balance zu halten. Es transformiert Kohlendioxid in vitalen Sauerstoff, den wir atmen, reduziert den Effekt von Sonne und Wind, und verhindert Erosion der Erde. Ausbreitende Wurzeln der Bäume sammeln Wasser und Mineralien für die Produktion von Lebensmitteln, während längere Wurzeln den Zweck für Zweige, Blätter und Nadeln erfüllen. Im Frühling breiten sich die Zweige aus, in der Länge und der Krone. Um Photosynthese wirken zu lassen, müssen Blätter und Nadeln der Sonne ausgesetzt sein und die Oberfläche muss Zugang zu kühler und sauberer Luft haben. Die Natur erfüllt diese Aufgabe, indem sie die Blätter und Nadeln dem Licht zuwendet.

BIOLOGIE EINES BAUMES

Die Eigenart eines Baumes und ihre Höhe ist ihr Netzwerk von ihren neuen Schüssen und Wurzelenden. Der Prozess der Verdickung des Stammes erfolgt zwischen dem Holz und der Rinde. Sehr spezifische Arbeit der Zellen produziert Nährstoffe für die Außenseite der Rinde und die Innenseite vom Holz. Der Name dieser Schicht ist Cambium, ihre Aufgabe ist konstantes Wachstum von Ast, Zweigen und Stamm. Dieser Prozess ist im Winter unterbrochen und zeigt sich in den jährlichen Baumringen. Nicht so im tropischem Regenwald, wo es keine Unterbrechungen im jährlichen Wachstum gibt.

Normalerweise hat ein Baum eine Lebensspanne von mehr als einhundert Jahren. Dieses hängt sehr ab von Waldbränden.

PFLANZEN UND LEBEN IN FRÜHER GESCHICHTE

Vor circa 420 Millionen Jahren, als Pflanzen ohne Wurzeln und Blättern, Algen in den Ozeanen, nicht wie Bäume, aus primitiven Pflanzen, komplexe Vorfahren evolvierten, entwickelte sich Biomasse. Uralte Farne, Pflanzen ohne Blätter, sind betrachtet als Vorläufer der heutigen Bäume. Biomasse enthaltende Pflanzen folgten, einen Meter hohe, stammähnliche hölzerne Pflanzen erschienen ungefähr vor 365 Millionen Jahren. Erst vor 200 und 100 Millionen Jahren, als nur Reptilien, Libellen und Spinnen lebten, erschienen Nadelbäume. Kontinente bäumten sich auf und bildeten neue Kontinente. Tektonische Platten häuften sich aufeinander, Bergrücken, wie die heutigen Alpen und Rocky Mountains, bauten sich auf, mit dem Resultat, dass sich Wälder in höheren Landregionen entwickelten.

Der Vorteil von verkapselten Samen von Laubbäumen im Kontrast zu unbedeckten Samen von Nadelbäumen hatte den Effekt, schnelles und weitausgebreitetes Wachstum von Wäldern von Laubbäumen über die ganze Erde zu fördern. In der Zeit von vor 65 Millionen Jahren bis vor 2,5 Millionen Jahren veranlassten kälteres Klima und Eiszeiten ganze Arten, einschließlich Palmen, weiter südlich zu ziehen. Eine große Vielfalt von Baumarten entwickelte sich, sowie Insekten und Vogelarten.

Zum Ende der letzten Eiszeit vor etwa 12 000 Jahren zog sich das Eis von den Alpen in nördlicher Richtung zurück, Bäume kamen zurück, neue B11 Bewaldung nahm ihren Lauf. Abhängig von der Bodenqualität und dem Klima kamen erst Kiefern, gefolgt von Birken, Ulmen, Ahorn und Eichen, später Föhren, Buchen, Fichten, Lärchen, Linden und Pappeln. Während dieser Zeit erschienen Mammuts, Moschusochsen, Rentiere und Murmeltiere.

DER MENSCH, DER WALD UND DIE UMWELT

Die Schönheit eines Waldes, eine große Ressource, und der Effekt auf die Umwelt, bewirken für uns alle eine Verantwortung, ein Bewusstsein, den Wald zu schützen. Eine wachsende Bevölkerung bedeutet ein Risiko für das Überleben unserer Wälder.

Die industrielle Revolution breitete sich aus von England bis zum Kontinent und dem gesamten Planeten. Kohle aus Holz verminderte den Waldbestand, bis Kohle aus Bergwerken diesen Zustand änderte. Eisenbahnen für den Transport von Kohle von den Bergwerken brachten Umweltverschmutzung, besonders betroffen waren große Landstrecken von Wäldern. Die Regierungen reagierten nicht rechtzeitig.

Die Bevölkerung in Chinas Städten wuchs außerordentlich in den letzten dreißig Jahren. Aus Mangel an Baumaterial für neue Wohnungen, besonders Zement, wurde Holz eine Alternative. Wälder wurden abgeholzt und große Plantagen von pappelähnlichen Bäumen angelegt. Innerhalb von sechs bis acht Jahren erreichen die Bäume den Umfang und die Größe zur Verarbeitung für Holzmaterial.

In Brasilien und zum Teil in tropischen Ländern in Afrika werden Wälder abgeholzt oder abgebrannt für Weiden und Ackerland.

Sand ist zusehends eine kostbare Ressource. Er wird in großen Mengen abgebaut von großen Firmen für die Bauindustrie, pharmazeutische Zwecke und die Glasindustrie – damit verschwinden viele Wälder, unter denen Sand gelagert ist.

Es ist ermutigend, dass die Bio-Landwirtschaft sich bemüht, mit Projekten Kunstdünger zu ersetzen durch natürliche Düngerarten. In den Forschungsinstituten in Jena, Thüringen, und in Versuchsprojekten in Frankreich geht es langsam voran.

Enorm wachsende Stadtbevölkerungen in allen Städten der Erde verschlingen Felder, Weiden und Wälder.

Der unaufhörliche Zuwachs der Erdbevölkerung trägt dazu bei, den Waldbestand in allen Teilen unseres Planeten erheblich zu reduzieren.

KREATIVES ALTERN

Tanja erwarb ein Buch mit dem Titel „Creative Aging. Ein neues Verständnis für Kreativität im hohen Alter". Hier sind einige Auszüge von Karen Klose, Autorin des begleitenden halbjährlichen Journals SAGE-iNG:

„Kreativität ist tatsächlich eine Inspiration, die wir durch uns fließen lassen können, und fördert und kultiviert, wie die folgenden 50 Beiträge es erfolgreich beweisen. Die Künstler haben sich selber geändert und ihre tägliche Umwelt innoviert. Wie Kreativität ist das Altern ein Prozess. Beide fördern geistiges und körperliches Wohlbefinden sowie einen mehr dynamischen Lebensstil. Mit Kreativität ist es nicht das Ende, das bedeutsam ist, so ist es auch mit dem Altern. Mit der Produktion von kunstvollen Dingen haben wir Kontrolle über das Ende: mit dem Altern nicht. Mit unserem Buch teilen wir den Optimismus, dass Sie, die Leser, überzeugt werden von einer erfüllten und anderen Art von Bewährung und Belohnung. Alles, was notwendig ist, ist zuzuhören, zu glauben und dass Sie Ihrem künstlichen Instinkt folgen. Das Altern mit Weisheit und Kreativität ist eine Idee, deren Zeit gekommen ist."

Zitat vom Vorwort im Buch „Celebrating Kreatives Altern", verfasst und veröffentlicht von Karen Klose und Carolyn Cowan, wie folgt:
„Kreatives Altern ist eine Einladung, den Schatz unserer Lebenserfahrungen zu ernten und die Kraft von Kunst zu feiern, um den Prozess des Alterns zu transformieren."

Im Frühjahr 2000 veröffentlicht Psychiater und Pionier in Gerontologie, Gene Cohen MD, „The Creative Sage. Awakening Human Potential in the Second-Half of Life", definiert Altern. Er proklamierte die gesundheitlichen Vorteile, sich zu engagieren in kreativen Aktivitäten mit dem Altern sei eine Gabe fürs Leben. Er begann die Creative-Age-Bewegung.

Mit Beugung zu Einstein präsentierte Cohen die Theory Formel $C = me^2$. „Kreativität ist für mich eine höhere Kraft. Wenn wir kreative Energie auf die Masse all unserer Erfahrungen konzentrieren, ist unser Sinn für unser Selbst transformiert und erweitert. Wir erfahren verbesserte Gesundheit und körperliches Wohlergehen." Im Jahre 2005 veröffentlichte Cohen „THE MATURE MIND: Die positive Kraft des älter werdenden Gehirns", welches topaktuelle Neurowissenschaft, fundamentale Psychologie, Fallstudien und praktischen Rat für Strategien für persönliches kreatives Wachstum enthält. Mit über dreißig Jahren Forschung zeigt er, dass überraschende positive Veränderungen in unserem Verstand das kraftvolle Potenzial unseres Lebens nach fünfzig erweitern, nicht vermindern.

Die Redensart „Du kannst einem alten Hund keine neuen Tricks beibringen" wurde ersetzt durch die Erkenntnis: „Wenn du keine neuen Erfahrungen suchst, wird der Verstand geschwächt." Cohens Studien zeigen, dass der Verstand von älteren Menschen Wege entfaltet, die kreatives Denken und neue Horizonte fördern. Er nennt Kreativität „Schokolade für den Verstand", weil sie das Wachstum von Dendriten und Synapsen zwischen den Gehirnzellen bekräftigt, welches den Verstand in einen Zustand, den er „Vierradantrieb" nennt, versetzt.

Wenn man bedenkt, dass das fortgeschrittene Alter von Senioren es zum ersten Mal ermöglicht, die Freiheit für andere Interessen zu finden. Interessen und Leidenschaften, die man wegen Familien- und Karriere-Verpflichtungen beiseitesetzen musste. Man kann sich vorstellen, welche Begeisterung Cohen damit erreichte und welchen Beitrag Senioren leisten können. Es besteht eine Gelegenheit für kluge Senioren, zu lernen und zu lehren. Durch lebenslanges Lernen und Weitergeben dieser Weisheit wird die Gesellschaft im Allgemeinen davon Vorteile erzielen.

Weltweit kommen die Senioren zusammen und teilen die Begeisterung. Es ist ein Weg, der die Welt verändern kann. Die positive Kraft des Älterwerdens ist topaktuelle Neurowissenschaft.

Deepak Chopra, M. D., der bekannte Autor und Mediziner, schreibt in dieser Beziehung:

„Der Prozess des Alterns ist fließend und flexibel. Gedanken, Wahl und Routine beeinflussen, wie man altert.

- Gute Gesundheit ist mehr als die Abwesenheit von Krankheiten.
- Wir haben eine einzigartige Verstand- und Körper-Konstitution.
- Unser Körper hat einzigartige Fähigkeiten, sich selbst zu heilen.
- Man kann seine körperliche Gesundheit verbessern, verbunden mit geistiger Gesundheit.
- Gesund essen und Zufriedenheit ist ein Gefühl von Lebenskraft und Freude.“

MEDITATION – WAS IST MEDITATION?

Oshos (Osho International.com) Definition mit westlichen Augen:

„Meditation ist der Schalter, der unsere Gedanken beruhigt, nicht mit Druck oder großem Ritual, aber durch Verständnis und guten Humor. Es ist keine besondere Handlung. Es ist nicht, was wir tun – aber wir lassen es geschehen.

Die Welt um uns herum dreht jeden Tag aufs Neue durch, und das Thema wie machen wir es OK ist wird immer populärer, und Meditation, oder die Idee, gewinnt immer mehr Aufmerksamkeit. Es wird viel geschrieben und geredet, wie man es tun sollte, und welche Vorteile es bringt, aber was ist es wirklich?

Meditation ist einfach Lebensfreude in diesem Moment. Es ist einfach ein totaler lockerer Zustand, bewusst nichts zu tun. Sowie man etwas tun möchte, setzt sofort Unruhe ein. Was tun? Was ist richtig? Wie nicht versagen? Hiermit ist man wieder in der Zukunft, nicht im gegenwärtigen Moment.

Meditation ist die erste und letzte Freiheit zu bedenken: ‚Wer bin ich?'. In Meditation gehen wir tief in unser inneres Wesen'. Vielleicht ist es nur im Moment, nicht ewig, vielleicht erledigt der Tod alles. Wir stellen keine Bedingungen in Bezug darauf, was man glauben muss, wir sagen, man sollte experimentieren, versuchen. Eines Tages klappt es: Die Gedanken sind nicht mehr da. Und plötzlich, wenn die Gedanken verschwinden, ist der

Körper getrennt von unserem Wesen, weil Gedanken eine Brücke darstellen. Durch Gedanken ist man vereint mit dem Körper, ‚it is the link'. Plötzlich verschwindet der ‚link' – man ist hier, ‚you are here', der Körper ist da, und da ist ein unendlicher Abgrund dazwischen. Dann weiß man, dass der Körper sterben wird, aber ‚you cannot die'. Dann haben wir kein Dogma, kein ‚creed' oder Credo. Es ist eine Erfahrung – offensichtlich."

EIN WANDEL IN UNSERER GESELLSCHAFT BEGINNT MIT MIR

Tanja versucht ihr Verständnis von „Was ist Realität?" mit Intuition in Verbindung zu bringen, ohne logisches Denken. Hierzu erwähnt Toni: „Damit habe ich ein Problem. Ich würde sagen: ein höheres Bewusstsein von einer Ebene wie ‚hinaus über die fünf Sinne, die unsere bekannten Fähigkeiten sind', ein Gebiet von Bewusstsein, welches die Wissenschaft und Philosophie zu lösen versuchen. Meine Überzeugung ist, dass meine Erfahrungen mir einen Einblick geben, wie Gefühle von Lebensmut und Lebensfreude."

Eine Organisation, SAND (Science and Non-Duality), in den USA fasst ihren Begriff zusammen: „Eine Mission von Wissenschaft und Nicht-Dualität ist ein neues Modell in Spiritualität, die nicht von religiösen Dogmen herrührt, sondern auf uralten Weisheiten und Traditionen basiert, begründet mit ‚topaktuelle Wissenschaft, in direkter Erfahrung'." Toni zitierte:

„Wenn wir dieses Bewusstsein realisieren, fördert das unser individuelles Selbst. Es bedeutet Mut, aus einem Traum zu erwachen, der uns denken lässt, wer wir sind, zu unserem wahren Selbst in subtiler Weise. Das Aufwachen ereignet sich nicht für jemanden, der in eine gegebene Jacke passt und einer Herde von Schafen folgt, eine Bereitschaft lebendig zu sein mit Liebe zu Wahrheit und Mut."

Ein Mann in der Diskussionsgruppe erwähnte, dass er einen Artikel von einem Magazin namens „CE, Collective Evolution" vom Dezember 2014 vorlesen möchte:

„... obgleich es nicht völlig verstanden ist, ist es kein Grund für die Wissenschaft, dieses zu ignorieren. Mehr und mehr Wissenschaftler haben keine Zweifel, dass Bewusstsein und parapsychologische Phänomene gültige Themen sind, wenn es zu wissenschaftlichen Betrachtungen kommt. Die Implikationen und Wichtigkeit sind bedeutend."

Tanja und Toni nahmen an einer Konferenz in San Diego teil. Wohlbekannte Sprecher gaben ihnen Respekt für Harmonie zwischen Wissenschaftlern und Philosophen. Toni erläuterte in der Diskussionsgruppe seine und Tanjas Eindrücke von der Konferenz und fügte hinzu:

„In meinem Alter, jetzt in den späten Achtzigern, habe ich viele Erfahrungen. Ich habe Fehler gemacht, erhielt gute und schlechte Ratschläge für ein erfolgreiches und glückliches Leben. Ich habe den Mut, meine eigenen Erfahrungen als meine innere Stärke zu betrachten. Ich weiß, dass das Lernen nie aufhört."

Ich habe hier eine kurze Zusammenfassung von einem Autor, der mit dem Titel „Happiness: Ein Tag zur Zeit" ein Globe and Mail, Toronto, Ont. Can., Bestseller wurde. Arc Alain schreibt:

„... meine eigenen Erfahrungen und wie ich darauf reagiere, ist meine Einstellung, lieber als was Philosophen, Theologen und andere professionelle Persönlichkeiten uns erzählen, was unmöglich ist zu wissen und zu profitieren, ohne ihnen in ihren Fußstapfen zu folgen. Sei dir bewusst, wenn wir ihre Wahrheit akzeptieren, ist es bei Weitem vorzuziehen, unser eigenes Verständnis, unsere Erfahrungen gelten zu lassen, und uns auf unsere eigene Weisheit zu verlassen. Unsere Weisheit kann nicht lügen, sie gehört uns. Wenn wir uns selbst zuhören, werden die Dinge viel einfacher."

Toni, sich wendend an Tanja, sagte: „Ich bin sehr optimistisch, dass unsere Gesellschaft langsam zu unserem menschlichen Potenzial erwachen wird."

Tanja antwortete: „Toni, deine Gedanken fließen in meine Gedanken. Kreatives Altern erinnert mich an fortgesetzte Kreativität. Ein individuelles Bewusstsein innerhalb eines kollektiven Bewusstseins unterstreicht die Kraft unseres menschlichen Potenzials."

DER AUTOR

Mit vier Brüdern und zwei Schwestern wuchs Siegfried in einem kleinen Dorf namens Zahrensen (jetzt Teil von Schneverdingen), südlich von Hamburg, in der Lüneburger Heide auf. Der Ort ist umgeben von Wiesen, Wäldern und Teichen. Eine Magd überwachte die Kinder beim Spielen. Sie spielte oft Gitarre für sie und warnte vor Zigeunern, die am nahen Waldrand zu sehen waren: »Die da stehlen Hühner und Kinder.«

Ihre Mutter starb zwei Monate vor dem Beginn des Zweiten Weltkrieges. Siegfried war neun Jahre alt, sein erster Schock. Die ersten Kriegsjahre waren Erinnerungen an viel Spaß in der Hitlerjugend, obgleich sie gezwungen wurden beizutreten. Sie gingen Zelten, unternahmen viel und waren unbeschwert. Das änderte sich schnell, als die deutschen Soldaten, geschlagen an allen Fronten und in zerrissenen Uniformen, zurückkehrten. Das Ende des Krieges brachte Schrecken, ein Erwachen und auch Ermutigungen, wie *Diamanten Überall* und die Heilung durch die Natur.

Nach einer Ausbildung an der Schlankreye Höheren Handelsschule in Hamburg 1951 entschlossen sich Siegfried und seine zwei Brüder, für zwei Jahre nach Kanada zu reisen, »um die Welt zu sehen«. Auf der Rückreise nach Hamburg lernte Siegfried seine zukünftige Frau Ursula in Calgary, Alberta, beim Tanz kennen. Sie war drei Monate vorher von Deutschland mit ihrer Zwillingsschwester und einer fünfjährigen Tochter ausgewandert. Sie lehrte an der Arthur Murray School of Dancing. Ihr Tanz und Singen mit der Kapelle faszinierte Siegfried in dem Maße, dass er seine Rückkehr nach Deutschland vergaß. Sie heirateten 1955 und wurden in Calgary sesshaft. Später folgten sie einem Traum nach Bragg Creek, westlich von Calgary.

Zusammen mit seinem Bruder, der inzwischen Brigitte, Ursulas Zwillingsschwester, geheiratet hatte, zogen sie um. Die *Beckedorf Twins* wurden recht berühmt mit ihren Gitarren und wunderbaren Stimmen. Sie sangen mit den Irish Rovers während der Calgary Stampede. Ursula war wesentlich bei der Gründung der Gemeinde und ihrer Künstler engagiert. Siegfried gab seine Position bei der Shell Oil Company in Calgary auf, um Land zu erschließen. Später bot sich eine Gelegenheit, die Interessen deutscher Investoren in der Öl- und Erdgasindustrie in Alberta und den USA sowie weitere internationale Interessen im Ausland zu vertreten.

Ursula und Siegfried reisten in viele Länder. Der Höhepunkt war ein Besuch des Geburtsorts der Zwillinge in Namibia.

Ursula und Siegfried fühlten ein gemeinsames Interesse und Neugierde, ihr Leben mit einer neuen Einstellung, neuen Ideen, und der Philosophie zu betrachten, ihr Leben im gegenwärtigen Moment zu leben.

2015 feierten sie ihren 60. Hochzeitstag im Kreise zahlreicher Verwandter und Freunde. Ein Leben mit Musik, Singen und Tanzen endete. Die Gitarren schwiegen, als Ursula nach einer Herzoperation auf ihren Wunsch im eigenen Haus am Fluss im September 2015 starb.

Siegfried versuchte den Verlust und die Einsamkeit mit einem Versprechen zu überbrücken, das er Ursula gab: das Buch *Diamonds Everywhere* fertigzustellen. Während eines Besuches in Kelowna wurde er angeregt, Artikel über *Creative Aging* (Kreatives Altern) zu schreiben. Ein weiteres Manuskript *Lifting the Fog* Untertitel: *Curiosity, Inspiration and Romance on Happy Trails* wird im August in Kanada veröffentlicht.

Siegfried ist weiterhin aktiv und wohnt in seinem Haus am Fluss. Ein neues Kniegelenk und die Liebe zur Natur spornt ihn an, Bücher zu schreiben: *Mit dem Mut, sich seines eigenen Verstandes zu bedienen* – wie er es erklärt.

BEITRAG

In seinem letzten Werk, *Neugierde, Mut und Humor*, stellt Siegfried Beckedorf seine gewählten Charaktere vor, Tanja (eine Krankenschwester und Künstlerin) und Toni (ein Pilot). Mit Erwähnung ihrer Reaktionen und wachsenden Erfahrungen und Erkenntnissen durch des Lebens Rauf und Runter, ihrer geschäftlichen und persönlichen Tätigkeiten sowie ihrer Philosophie füllen sie den Text und somit betont der Autor die Wirklichkeit und Heilung der Natur und die Kraft des menschlichen Geistes.

»Barb Howard, Gewinner einer preisgekrönten Auszeichnung des Kanadischen AutorenVerbandes für Alberta«.